U0074237

# 抓住風兒的翅膀

譚清友 著

# 目次

## 卷一 媽媽，我想有對翅膀

## 卷二　小小銀杏葉

## 卷三　風兒，你往這邊吹

**卷四　螢火蟲的燈盞**

# 卷一

# 媽媽，我想有對翅膀

# 抓住風兒的翅膀

媽媽，我昨晚抓住了風兒的翅膀。風兒的翅膀軟綿綿的，軟得像一團團棉花。

媽媽，風兒其實是一個活潑的娃娃，她會跟我說話。她帶著我在空中飛呀飛，飛過森林，飛過河流，飛過草地，也飛過我們的樓房。

媽媽，天空真的好大好高呀！一切都在我們的下面變小啦，寬寬的道路變成了一條線，大山變成了一個個小土堆，行走的人變成了一隻隻小螞蟻。

媽媽，我們飛了東邊又飛西邊，天空又光又滑，跟著我們飛翔的，還有雲朵，還有小鳥，我們快樂極了！

媽媽，一定幫我記住，昨晚我在夢裡，抓住了風兒的翅膀。

# 種太陽

一個太陽在天上，像個紅皮球，滾呀滾的……

我問爸爸：「能不能把太陽留在地上呀，好陪我玩？」

爸爸回答說：「能呀！」於是，爸爸給我幾粒種子，要我和他一起種上。

我們在門前種上了。

種上了就等呀等，連做夢都夢見種子發芽，每顆頭上面頂著一個太陽。

種子終於發芽了，苗苗終於長高了！

可就是不見太陽，我問爸爸：「怎麼不長太陽呀？」爸爸回答說：「快了！快了！」

那一天終於到來了，一根粗大的樹幹上，結出了一個大大的太陽，金黃金黃的，好看極了。

爸爸說，這是向日葵，是地上的太陽。

好啦！我有兩個太陽啦！一個在地上，一個在天上。天上的太陽我看得見，地上的太陽我摸得著。

# 星星的幼稚園

喔！星星的幼稚園好大好大喲！
他們在藍色的地毯上玩耍，眨著天真的小眼睛，月亮阿姨也笑個
　不停。
哎呀！突然一位星星小朋友跑向了遠方，眨眼就不見了，月亮阿
　姨怎麼也不著急啊？還是笑呵呵地站在星星中間。
媽媽說，那位星星小朋友在練習滑冰，一下子就滑向了遠方，他
　會滑回來的。
一會兒，月亮阿姨又不見了，星星小朋友們有點驚慌，眨動著一

雙雙小眼睛，找呀找的。月亮阿姨到底哪兒去了呢？原來月亮阿姨躲在雲朵後面，與星星小朋友們捉迷藏啦！

月亮阿姨又突然從雲朵後面出來，「哇」地一聲站在了星星小朋友們面前，星星小朋友們又驚又喜，一個個睜大亮晶晶的眼睛。

我羨慕星星小朋友們的幼稚園。

我愛月亮阿姨！

# 蒲公英媽媽

夏天，在蒲公英媽媽的懷裡，抱緊一群蒲公英娃娃。

蒲公英娃娃對媽媽嚷著說：「媽媽，聽說你的傘最漂亮，求求你啦，給我們每人一把好嗎？」

媽媽回答說：「孩子們，現在不行呀！得等到你們都長大。」

於是，蒲公英娃娃們記住了媽媽的話，把雨水喝得飽飽的，每天讓太陽曬著，希望自己快快長大，好接過媽媽贈送的傘。

蒲公英娃娃長呀長，長得蒲公英媽媽都抱不住了，一個個自己站在了蒲公英媽媽的肩頭，開出了漂亮的花朵，那花朵就像一把白色的小傘。

秋天到來，蒲公英媽媽對蒲公英娃娃說：「孩子們，你們已經長大，帶著你們的傘去旅行吧！」

一陣風吹來，蒲公英娃娃帶著媽媽贈送的傘，隨風在空中飄揚，他們還唱起了歌，快樂極了。

最後，蒲公英媽媽向他們喊道：「孩子們，記住啦，落在哪裡，就在哪裡安家！」

# 太陽是什麼顏色

太陽是什麼顏色？

樹葉像小手似的搖了搖，回答說：「是綠色的，我就是喝了陽光才這麼綠茵茵的。」

「不！不！不！」在一旁的玫瑰花聽了樹葉兒的話說：「太陽的顏色應該是紅色的，不信，你看我呀，我每天也一樣喜歡陽光。」

一棵葵花聽了玫瑰花的話更不服氣啦，直嚷個不停：「什麼綠色、紅色？簡直在瞎說嘛！太陽是黃色的！你看我，全是黃色的花瓣呀！」

一株茄子聽了嘟囔著：「太陽是紫色才對，你們看，我們長長的茄子不是個個都是紫色的嗎？」

太陽到底是什麼顏色，樹葉、玫瑰花、葵花和茄子都爭論不停。

這時，太陽公公說話了：「你們都說得對，你們又都說得不對！我什麼顏色都有，你們要什麼顏色，我就有什麼顏色呀！」

樹葉、玫瑰花、葵花和茄子都「喔」了一聲，這才明白，原來自己只是太陽的一種顏色。

# 美人魚

我聽媽媽講，美人魚住在大海裡面，有時會爬上岸來。美人魚很善良，喜歡幫助別人，特別是我們小朋友。

媽媽還說，美人魚上岸後，會藏起她那美麗的魚尾巴。

於是呀，我在幼稚園找呀找，看哪位阿姨是美人魚變的。有時還特意摸摸她屁屁的後面，看有沒有藏著的魚尾巴，可怎麼也沒有發現。

後來，我感覺每位阿姨都是美人魚變的，她們給我們小朋友洗髒手，教我們唱歌跳舞，還給我們擦洗花貓一樣的臉。

我問美人魚阿姨，什麼時候帶我們去見大海呀？美人魚阿姨說，等我們長得像爸爸一樣強健時。

幼稚園的阿姨都是美人魚，這是我的小祕密，你不要輕易告訴別人喲。

來！我們拉勾發誓。

# 雪地

下雪啦！下雪啦！

哇！雪姐姐給大地鋪上了暖絨絨的棉花。

我對著雪下面的小草喊了一聲：「小草，你們冷嗎？」小草沒有回答，我猜想，小草草一定很暖和，說不定還在酣睡呢。

這時，一個黑色的傢伙踏上了雪地，大搖大擺，東瞧瞧，西望望。一隻飛在天空的小鳥對它吼道：「你在幹什麼呀？弄髒白地毯了，還不趕快離開！」

那個黑色的傢伙根本不理會，口中發出「嗷嗷」的聲音，原來是一隻老熊。老熊說：「這麼大一張白紙，浪費可惜，我在上面練字呀！」

「你寫的什麼字呀？我一個也不認識。」小鳥問老熊。

老熊只是嘿嘿地笑，繼續向雪地裡走去。

# 快樂是什麼

快樂是什麼樣的顏色？

快樂的顏色像不像阿姨那紅紅的嘴唇？像不像花朵快要笑出的聲音？像不像太陽，整天在天空笑盈盈？像不像夜晚滿天的星星，眨動著神祕的眼睛？

快樂是什麼樣的動作？

快樂的動作像不像一群機靈的鳥兒，追趕著一朵朵白雲？像不像一隻隻風箏，在風中飛得輕盈？像不像雨中的樹葉兒，為小雨鼓起掌聲？像不像小狗的尾巴，搖動不停？

快樂是什麼樣的表情？

快樂的表情像不像圓圓的黃月亮，臉上沒有一滴眼淚？像不像池塘的荷花兒，在水中開成一片風景？像不像秋天山上的紅葉兒，老遠就能吸引人們的眼睛？

媽媽，我要把快樂送給你，你會怎麼保存？

# 桃花姐姐

桃花姐姐真會耍魔術，把她的枝條在空中晃了幾晃，桃花就一串串地開了。哇！滿樹都是鮮紅鮮紅的，紅得像火焰。

桃花姐姐真是愛美麗，春天就愛穿上這件粉紅的衣服，讓人讚歎不已。

桃花姐姐渾身散發著香味，惹得蜜蜂和蝴蝶整天圍著她飛。桃花姐姐得意極了，讓風把她的香味傳到很遠很遠。

好像春天都是她桃花姐姐的，太陽暖暖的，桃花姐姐喜歡太陽。春雨晶亮晶亮的，桃花姐姐就喜歡在雨中沐浴。連春風也格外清新，桃花姐姐喜歡在風中舞蹈。
桃花姐姐，請你和我一起合個影，好不好？讓我們把春天美麗的畫圖，留在心靈。

# 白雲白雲

是誰家的乖娃娃？這麼勤快，每天拿著白色的紗巾，擦著天空，
　　把天空擦得像塊藍色的水晶。
只見紗巾在天空來回擦動，就是不見那個乖娃娃，他真是學會做
　　了好事不留名。
有一天，天空突然被黑雲遮住，那個乖娃娃怎麼擦，也擦不乾
　　淨，最後急得哭了，哭得很傷心。
但多數時候，他把天空都擦得十分乾淨。鴿子在天空飛來飛去，
　　不願在天空留下腳印。太陽、月亮在走過天空時，最開心，

一張臉笑盈盈的。還有夜晚無數的星星，在藍色天空上練習滑冰，嗨！好光滑

喲！一溜就溜到了天邊。

我們還是照樣看見飄動的白紗巾，就是不見擦洗天空的人。

# 雨天的小傘花

滴答，滴答，下雨啦！雨水，從高高的天空飄下。

哇！小草在雨中舉起了他那小小的嫩芽，小花的花瓣把雨水小心留下，樹葉兒濕漉漉的，好光滑！

嗨！這雨水的作用真大，竟然澆開了一片花花綠綠的小傘花。傘花飄動在上學的路上，一朵連接一朵，多麼美麗的一幅圖畫。

喔！那不是真正的花，那是小小的雨傘一把把，上學的孩子，在雨中行走，雨水在傘上「滴答，滴答」。傘下飄出的笑聲，惹得小鳥好奇地追趕，以為這些小傘會笑會說話。

雨水還在「滴答，滴答」地下，小傘花還在雨中飄，我知道，它們會飄向哪。

# 小板凳

小板凳，你真是太懶！成天站在那裡，一點兒也不動彈。你看我，每天跟著爺爺「左三圈，右三圈，脖子扭扭，屁股扭扭」地做運動呢！

你比我多長兩隻腳，可你蹲在那裡，一步也不動，是為什麼呀？難道你只想等著我從幼稚園回來，坐在你的身上，那樣你才最樂意？

不！我要把你當馬騎，「嘚兒駕！嘚兒駕！」，從這間屋子到那間屋子，看你如何偷懶，我不會讓你輕易停止。

小板凳，因為你是我的小夥伴，我不會讓你有怪脾氣。

要不，跟我去幼稚園，和小朋友一起做遊戲。拍拍手，跺跺腳，伸伸腰，那是多麼快樂的事！

小板凳啊！等我放學回來，我不希望再看見，你還在那個位置。

# 尋找聖誕老人

媽媽，聖誕老人在哪裡？

我們家沒有煙囪呀，聖誕老人肯定不能從煙囪進來，給我帶來巧克力。聖誕老人也肯定不能從窗戶進來，因為窗戶關得太嚴實，他也不會在我床頭掛上一盒彩色筆。

媽媽，聖誕老人在哪裡？

門鈴一直沒有響，聖誕老人不會敲門進來，那樣，就會沒有一點驚喜。

聖誕老人會不會已經來過，已經悄悄把禮物放在了門口，然後悄悄離去。我打開門一看，什麼禮物也沒有，有些生氣。

媽媽，聖誕老人到底在哪裡？

媽媽領我來到窗前，只見雪花飄飄，蓋住大地。媽媽指著街道上掃雪的人說「看呀！那就是聖誕老人，白衣服，白帽子，他清掃著道路，好讓汽車安全開過去。」

啊！我知道了，聖誕老人原來在這裡，給開車的叔叔阿姨送去平安的好禮呢。

# 我的小鑰匙

幼稚園放假了，媽媽給我一把小鑰匙，掛在我的脖子上。媽媽的叮囑，我記在了心裡，誰來了都不開門。大灰狼膽敢來敲門，我早已準備好了木棍子。熊家婆不管她怎麼變，我都會認識，因為關於她的故事，在小人書裡，我早就熟悉。我關著門在家裡玩耍，沒有人能夠進來。我有布娃娃陪我，還有小貓小狗和我做遊戲。

小狗來幾聲「汪汪汪」，小貓來幾句「咪咪咪」，布娃娃不能說話，著急地把眼睛鼓得圓圓的。

我們的家掛在我脖子上。
小鑰匙不說話，卻高興地在我胸前晃來晃去。
我愛我家，我愛我的小鑰匙！

# 小雪人

我在院子的地上堆了小雪人，用紅蘿蔔給他做了個紅鼻子，用
　黑色筆給他畫了一雙黑眼睛，還用彩色紙給他折了一頂花
　帽子。

哇！我的小雪人可美麗啦！

我圍著他又跳又唱，還有我的小花狗和小花貓。

晚上，我擔心我的小雪人怕不怕冷，我真想給他送去一個火盆。

天亮了，雪停了，太陽公公在天空露出了笑臉。這下好啦，我的
　小雪人一定不會冷。

當我走到院子裡，卻怎麼也見不到我的小雪人。小雪人哪裡去了呢？難道他去了動物園，去看翻筋斗的小猴子？

我問小花狗，看見我的小雪人沒有，小花狗只是瞪著一雙大眼睛；我問小花貓，看見我的小雪人沒有，小花貓說小雪人被太陽公公帶走了，明年下雪天才能回來。

我盼望明年冬天快快來到，和我那可愛的小雪人。

# 山上那塊石頭

去年，媽媽帶我到山上去遊玩，我看見了一塊石頭。

我好奇，那石頭光溜溜的，像我一個小夥伴光著的頭。我摸了摸他，問他冷不冷，他也不回答，叫他和我一起做遊戲，他也不動一下。

以後，我總是惦記那塊石頭。

春天來了，我問媽媽，那塊石頭會不會發芽、開花；夏天到了，我問爸爸，那塊石頭沒有打傘，會不會被太陽曬炸；秋天大雁南飛，落葉掉在地上，我問爺爺，那塊石頭會不會悲傷；

冬天大地鋪滿雪花，我問奶奶，那塊石頭會不會在雪下做夢，夢見我和媽媽。

今年，媽媽又帶我去山上，我又看見了那塊石頭。我問媽媽，那塊石頭為什麼沒有走呀？媽媽說，大山就是石頭的家。

# 藏起來

我想把太陽藏起來，免得勞動的叔叔阿姨流大汗。
我想把月亮藏起來，送給夜晚沒有電燈的小朋友當燈盞，照得滿
屋亮閃閃。
我想把涼風藏起來，在夏天爸爸媽媽睡覺時，給他們當風扇。
我想把紅葉藏起來，夾進小人書裡當書籤，好一頁一頁把書讀完。
我想把露珠藏起來，送給種子和小草，讓他們發芽長葉口不乾。
我想把雲朵藏起來，做件小衣服，送給小狗狗，夜晚看家不怕寒。
奶奶，你會把什麼藏起來？你是不是藏了很多故事在你大蒲扇

裡？你蒲扇一搖，故事就會一串串飛出來。

爺爺，你會把什麼藏起來？你是不是藏了一天的雨呀？你一戴草帽出門，雨就嘩嘩地
下起來。

喔呀呀！怎麼誰都喜歡藏喲！

# 穿白衣服的阿姨

穿白衣服、戴白帽子的阿姨，為什麼老愛給我苦水喝？我的頭好痛喲！你為什麼不給我巧克力？

你摸摸我的額頭，難道能把我的頭痛摸去？你還用針扎我屁股，是不是嫌我頭痛得不厲害？是不是我屁股上藏著什麼壞祕密？

穿白衣服、戴白帽子的阿姨，白天黑夜都在我身邊晃來晃去。晃得月亮去了西邊，晃得太陽從東方升起，晃得我的頭一點也不痛了。

我漸漸喜歡上了穿白衣服、戴白帽子的阿姨，像天空的朵朵白雲，飄來飄去。

媽媽，我長大了，也要像阿姨那樣，穿白衣服，戴白帽子，在生病孩子身邊，晃來晃去。

# 花裙子

媽媽給我做的花裙子，花裙子好好漂亮喲！蝴蝶飛在上面就不走
了，還有那隻小貓咪，躲在草叢中，眯著眼睛，好像在準備
捉耗子。

還有我喜歡的玫瑰花，開滿整條裙子，我知道她們不會凋謝，
會一直開下去。即使我留不住她們，花裙子也不會讓她們
離去。

風吹動著我的花裙子，你不覺得我美麗，花裙子也美麗？
布娃娃，要不要我也為你做一條花裙子，你穿上它，我們一起做

遊戲？

夏天你不要走！你要走了，我就不能穿我的花裙子。

晚上，我把花裙子壓在枕頭下，小星星就不會在我睡覺時，偷偷地把裙子上的花朵摘去。

# 媽媽，我想有對翅膀

媽媽，我想有對翅膀。

我想學習那老鷹，飛到藍天之上，去和白雲姐姐旅遊。在高處，看看大地到底有多麼寬廣；看看河流，到底要流向什麼地方。我想和太陽公公說說話，要他夏天不要太熱，多些陰涼；要他冬天不要太冷，多把溫暖送上。

媽媽，我想有對翅膀。

我想飛到空中，數一數大地有多少大山，量一量長江黃河，到底有多長。特別是夜晚，我想數一數城市的燈火。比一比，是天空的星星多，還是城市的燈盞亮。

媽媽，我想有對翅膀。

春天我想和小燕子去田野，看看桃花怎樣紅，菜花怎樣黃；夏天想欣賞風兒掀起金黃的稻浪；秋天想去山野看看楓葉，紅得像火一樣；冬天想看看大地，穿上厚厚的白色衣裳。

媽媽，真的！我想有對翅膀。

# 卷二

# 小小銀杏葉

# 捉迷藏

太陽公公和月亮婆婆總是愛捉迷藏。
太陽公公愛藏在東邊的山坡後，月亮婆婆最愛藏在西邊的山那邊。
早也藏，晚也藏，誰也沒有捉住對方。
每天，當太陽公公從東方升起，月亮婆婆早已不見了蹤影。傍晚，太陽公公朝西邊的
山後追了過去，月亮婆婆卻在東方笑嘻嘻地爬了出來，還帶著一群星星小朋友，
在天空那塊綠地毯上玩耍。
每天一樣，每年一樣。從樹木發出葉芽兒，到樹葉兒枯黃飄落，太陽公公和月亮婆婆
就這樣一直做著這個遊戲：捉迷藏。

# 香香的樹

在我家門前，有一棵香香的樹。

每到八月，這棵樹就開出小小的花朵，在枝條上一堆一堆的，可
多啦！花一開，每天都會散發出濃濃的香味，直撲你鼻孔。

我們常站在樹下，不願離開。那花香也會飄進夢中，讓夢也
香香的。

我家的小花狗也喜歡睡在樹下，還有那小花貓，總愛爬到樹上，
去聞花香。

花朵快飄落時，爺爺會把花朵摘下來，泡在酒裡，泡成香香的

桂花酒。奶奶會把桂花放在餅子裡，做成香香的桂花餅。那餅可好吃啦，又甜又香！

我喜歡這棵桂花樹，我常常去摸摸樹幹。我也每年要扳著指頭算時間，希望八月快快到來，等待香香的樹開花，把香味灑滿我家小院。

我家香香的桂花樹，使我有了香香的童年。

# 在沙灘上

沙灘是張很大很大的紙，是大海爺爺專門為我們準備的。他要我
們在上面畫畫、寫字。
我們在上面奔跑，留下一行小小的腳印，可海水這位老師，一下
將它抹去，難道是他看我們貪玩生氣？
我們坐下來，在上面寫上一、二、三，這位海水老師還是不客
氣，一下全部擦去。
我們該畫什麼呀？
啊，我們知道了大海老師的脾氣！

我們在沙灘畫上了波浪，還寫了一句：「大海老師，我愛你！」

這一次，海水老師很滿意，把我們的畫和字帶走了。

# 火車的大腳板

火車跑得真快，可我沒有看見火車的腳板。
爸爸，火車的腳板一定很大吧？要不，他跑起來怎麼會「咣當！
　咣當」地有力。
他跑起來像一陣風，過大橋，穿山洞，一點也不費力，
　「嗚——」的一聲，轉眼就不見了。
爸爸，我怎樣才能看見火車的大腳板呢？
火車跑了很遠很遠的路，腳板一定很硬吧？那麼多石子和長長的

鐵軌，都沒有把它腳板磨穿。

爸爸，我長大了，也想有火車那樣的大腳板。

# 尋找秋天

我問媽媽：「你說秋天來了，可我不知道秋天在哪裡呀？」

媽媽說：「秋天在果實裡。」我扳開果實，果實甜甜的。啊，我知道了，秋天在果實裡，是甜甜的。

媽媽又說：「秋天不僅在果實裡，還在樹葉上喲！」媽媽指著一樹紅紅的樹葉讓我看，那樹葉像火焰在燃燒。啊，我知道了，秋天不僅是甜甜的，還是紅紅的。

媽媽還說：「秋天在大雁的翅膀上。」媽媽指著天空中南飛的一行大雁說，「秋天正被大雁馱在翅膀上，趕往溫暖的地方。」啊，我知道了，秋天是喜歡溫暖的。

媽媽，我知道了秋天在哪裡，是什麼味道和什麼樣子。

# 山泉娃娃

山泉水是個愛唱歌的娃娃，他在深山裡一直唱著，一直要唱到山外。他一邊奔跑，一邊唱，從不停歇。

山泉娃娃也很勇敢，他想看看山外的世界，山中沒有路，他會自己找路，即使是懸崖，他也不畏懼，也會大膽地跳下去。

山泉娃娃的歌聲，惹得小鳥把他追趕；小鹿也沿著泉水邊行走，還有小青蛇也會跳進泉水裡，和山泉娃娃一起遊玩。

泉邊的樹木、小草，愛把泉水當鏡子，照出自己漂亮的臉，山泉娃娃一點兒也不責怪。

小鳥、小青蛇，還有樹木、小草都想把山泉娃娃留住，但山泉娃娃決心要奔向大海，他只好把那優美的歌聲，留給了大山，留給了那些小夥伴。

# 太陽是公雞叫出來的嗎

太陽是公雞叫出來的嗎？爸爸你說，為什麼只有公雞才能喊醒太陽呀？公雞叫的時候，鼓著脖子，憋足了氣：「咕咕嗚，咕咕嗚」，像是費了很大的力氣似的。

爸爸，太陽是不是特別熟悉公雞的聲音，只要早晨公雞一叫，他就會聽到，就會準時醒來，興高采烈地從東方升起，發出萬道霞光，把大地照亮。

爸爸，太陽是不是一直住在山那邊？山那邊就是太陽的家嗎？

爸爸，為啥太陽會聽公雞的話？要是沒有了公雞，是不是太陽就不會升起啦？沒有太陽，小草樹木，還有莊稼，怎麼生長呀？還有那些小螞蟻，怎樣出去找食物，即使找到食物，也難以找到家。

爸爸，我要給公雞吃白米，因為它的功勞最大。

# 雪地裡的小花狗

下雪啦！下雪啦！

地上白啦，樹木也白啦。

堆雪人的小朋友的嬉鬧，引來了小花狗。小花狗也覺得十分好奇：天公公的本事太大了，轉眼就給大地穿上一件絨絨的白棉衣。

小花狗在雪地裡走呀走，他在尋找著他熟悉的小河、草地，尋找著樹林、小山坡……，什麼也不見了，只有飄飄悠悠的雪花，和鋪著厚厚雪花的大地。

小花狗在雪地上走呀走，身後留下一行明顯的、梅花瓣似的腳印。雪花落在地上，花草樹木上，也落在小花狗的身上。小花狗的絨毛裡漸漸也積滿了雪，雪花蓋住了他身上的顏色，小花狗也變成了白色，一隻會走動的白色小狗，與大地融為了一體。

一隻小鳥飛過來，看見小狗真稀奇：「這一堆雪怎麼會走路呀？」但他不知道這是一條被雪花裝扮了的小花狗。

# 小小銀杏葉

我是一片小小的銀杏葉，是一把半圓型的小扇子。

春天，雷公公一敲響他的鼓，我和我的兄弟姊妹就從樹枝裡鑽出來。哇！春天的空氣多新鮮呀，春天的天空好藍呀！

剛出來時，我們只是米粒大的一點綠。到後來，我們喝雨水，喝暖暖的陽光，飲暖暖的春風，我們長呀長，沒有多久，我們就長成了半圓型的小扇子。

我們一片挨著一片，裹滿樹枝，給樹媽媽穿上了一件綠色的衣裳。有小鳥羨慕地飛來，在我們之間跳來跳去，她的叫聲好響亮喲，很遠都能聽見。還有的小鳥乾脆把家也安在了樹葉間，他們喜歡我們這些小小的葉子能為它遮風擋雨。

夏天，無數的蟬兒飛來，躲在葉子下面，嗚嗚啦啦地唱他自己喜歡的那支歌曲，一直唱得那老牛在竹林裡流汗，唱得稻穀起伏不止。

秋天，我們都變黃啦，變成了黃黃的小扇子。我們在秋風中嘩嘩作響，好像秋天是我們這些小小的半圓扇子扇涼的。

嗨！記住我喲，記住我小小的銀杏葉，半圓型的小扇子。

# 街邊的樹

街邊的樹，像我們幼稚園排隊，站得很整齊。我們排隊後會解散，
　可街邊的樹有毅力，不會輕易移動，一站，就要站到底！
他們都一樣，穿件綠色的衣服，每天迎接那些來來往往的車輛，
　好像熱鬧的街道，會吸引他們的興趣。
他們的隊伍長長的，沿著街道一直延伸下去，數不清有多少棵。
街道轉彎，他們也跟著街道轉彎，彷彿他們對街道，有一種
　特殊的情義。
不管是晴天，還是雨天，他們都不會發脾氣。陽光下，他們快要

綠出聲響；風雨天，他們也會在雨中嬉戲，快樂地抖動葉子。

我很喜歡街邊的樹，我喜歡在他們的綠蔭下，走來走去。我也很想數清，城市的街邊，一共有多少棵這樣的樹子。

這些街邊的樹，很多時候，會在我夢中說話，說他們愛這座城市。

# 紅棗

這些藏在葉子中的小顆粒，這些透亮的紅瑪瑙，吊滿一樹子。像一隻隻小眼睛，眨巴著，好像在招引我們小朋友過去，看秋天紅紅亮亮的樣子。

我在棗樹下，望著一樹紅棗，希望它落下一顆，落在我的手掌裡。看著看著，我靠著棗樹睡著了，一個夢甜甜的、香香的。只夢見樹上的棗子紛紛跳下來，圍著我，嘰嘰喳喳地和我說話，不許我離去。突然，他們又紛紛回到樹上，我也追了上去，追到樹枝，我也變成了一顆小小的棗子，紅紅的，會眨眼睛的小紅棗。

你說，這夢離奇不離奇？

# 大瀑布

是誰掛出一幅大白簾子？
遮住了一匹大山，讓很遠的人都能看見。風一吹動，這簾子就嘩
　嘩地抖動，驚得太陽公公都傻了眼。
這幅簾子是誰織的呢？
我想，肯定是月亮婆婆織的。很多夜晚，我們看不見月亮婆婆，
　月亮婆婆一定躲在某個地方，織她的大白簾子。
她整夜整夜地織呀織，從黃昏一直織到朝霞滿天。
月亮婆婆收集了天上很多很多的白雲，把它紡成線線。

終於，她織成了這幅大紗簾。大紗簾織成了，可掛在哪裡呢？月亮婆婆犯了難。最終，月亮婆婆看中了這匹大山，於是把紗簾掛在了上面。

# 地上的小草草

地上的小草草，冬天你們到哪兒去了？你們是不是躲在雪花的棉被下睡覺？

地上的小草草，你們是怎樣知道春天到來的？是雨滴在地面輕輕敲打叫醒的嗎？還是雷公公的鼓點把你們敲醒的？

你們是不是早就醒在了地下，只等一聲呼喚，就不約而同地鑽出地面，把你們小小的嫩芽舉起，向春天問好？

地上的小草草，大地是你們的媽媽，我知道你們很熱愛自己的媽媽，大家一起用綠色，給媽媽織了一件漂亮的綠衣裳。

你們多快樂呀！地上的小草草，在溫暖的陽光下成長，在春雨春風中搖啊搖的，也讓我看見了幸福是什麼樣子。

# 神奇的大肚皮

媽媽打開電視，裡面什麼都出現了：有唱歌的阿姨，有眨著狡猾眼睛的狐狸，還有公園，還有滑滑梯，還有光著屁股的小弟弟。

一條小河水好綠呀！河水裡跳著紅紅的小鯉魚，還有那顆太陽，也遊在水裡。

哇！好多漂亮的樓房，我在裡面尋找，我們的家在哪裡。

哇！好多街道，走哪條路，可以去到我們的幼稚園？

媽媽關上電視機，上面什麼也看不見了。我很好奇：「媽媽，剛才那些人，那些動物，那些街道，那些樓房都去了哪裡？」

媽媽說：「那些人和那些東西，都裝在了電視機的肚皮裡。」

我看看電視機，又摸摸電視機，真是覺得他太有本事，把那麼多東西，都裝在了自己的肚皮裡。

我問媽媽：「媽媽，能不能把電視機肚皮裡的東西，都裝在我的肚皮裡？」

媽媽說：「你肚皮太小，等你長大了，一定把很多東西裝在自己的肚皮裡。」

不過，我還是覺得，電視機有一個，神奇的大肚皮。

# 小魚兒的河流

媽媽，我看這河流是小魚兒的。就像草地是小羊的，就像樹林是
　小鳥的一樣。

小魚兒在河流裡好自由啊，他們成群結隊，在水裡游呀游的，水
　裡到處都是他們的路。游累了，就躲在水草下面休息。

媽媽，河流是小魚兒的幼稚園，你看，他們把浪頭當滑板，即使
　摔倒了也不疼，因為水是那麼柔軟。他們在黃昏時還練習跳
　躍，使盡力氣，跳出水面，他們是想看看水上面的世界嗎？

媽媽，小魚兒真幸福啊！他們可以隨著流水，飄向很遠的地方，

說不定會到大海。他們還會順著河流，游回來。河流每天為他們唱著歌，他們在歌聲中游動，也在歌聲中睡眠。

媽媽，河流是小魚兒的家，就像幼稚園是我們的家一樣，我們能進去，你們卻被攔在了門外。

# 狗尾巴草

你知道自己的名字嗎?狗尾巴草。

為什麼喜歡模仿狗尾巴,難道狗尾巴特別漂亮?毛絨絨的,狗跑
起來的時候,尾巴也會跟著飛翔。

是不是喜歡狗尾巴能夠靈活地搖動,不停搖動尾巴,表示友好?
怪不得風一吹,你就隨風快樂地搖晃。

你還喜歡陽光雨水,充足的陽光雨水,使得你綠色的尾巴長得又
壯又長。

啊！狗尾巴草，我要把你畫在我的小本子上，讓我家小花狗看一看，你的尾巴與它的尾巴，有什麼不一樣。

# 熱鬧的菜園

春天，菜園好熱鬧呀！

青菜、茄子、番茄、南瓜都在爭論一個問題：春天是什麼顏色。

青菜說：「這還用說嘛？春天當然是青色的，青色多好呀！」

茄子說：「春天是紫色的，你看我一身多紫呀！」

番茄接著說：「茄子哥哥，你說的話不對吧！我說春天是紅色的，你看我紅得還不夠嗎？」

南瓜一聽，有些生氣：「什麼青色、紫色、紅色的？春天是黃色的，你看我黃得像金子！」

「青色！」

「紫色！」

「紅色！」

「黃色！」

春姑娘在白雲上聽見了他們的爭論，趕忙說：「你們說得不完全，春天既有青色、紫色，也有紅色、黃色……，春天是各種顏色組成的，知道了嗎？」

青菜、茄子、番茄、南瓜他們這才明白，高興地說：「我們都是春天的顏色啦！」

# 早晨的霧

是誰這麼不乖，天亮了還賴在床上，掛著一幅大紗簾？
什麼也看不見呀！小河會不會停止了流淌？
肯定把小鳥也氣壞了，想飛翔卻看不清方向。
去草地的羊群，一定找不到路。這時，我還沒有聽見，他們走動
　時搖響的鈴鐺。
小狗也忍不住了，對著東方汪汪，對著西方也汪汪。
還有，昨天我在小樹林看見的那幾隻紅蜻蜓，會不會被霧打濕
　翅膀？

唉！用什麼法呢，才能拉開這幅大紗簾？

爸爸說別慌，到時候自然有太陽過來收起這簾帳。

# 柳樹柳樹，你真好

柳樹柳樹，你真好！

你們站得好整齊喲，手牽手，從來不像那些不聽話的娃娃，到處亂跑。

我看你們和我一樣，都喜歡小鳥。你們讓小鳥跳上跳下，哈！竟然還讓小鳥在你們的枝上築巢。我相信，你們一定覺得小鳥的歌聲動聽又美妙。

柳樹柳樹，你真好！

你們讓蝴蝶和蜻蜓拉著你們的柳絲，在風中飄呀飄，快樂地歡笑。

我和小狗狗在你們的樹下行走，你們給我們把火辣辣的陽光都擋住，我們可以不戴
草帽。
柳樹柳樹，你真好！
我知道你們的鼻子最靈，春天的氣味你們最先聞到，最先長出綠芽芽，最先把春天的
消息向人們報告。
真的！柳樹，有你們真的很好！

# 小河小河，你也挺好

小河小河，你也挺好！

你彎了又彎，連我的畫筆也難以追上。

你好歡樂呀，一天到晚都在歌唱。唱得天藍藍的，唱得水清清的，唱得那些白色的鳥兒，追著你飛翔。

你每天都匆匆忙忙，是不是你也忙著去上幼稚園，希望阿姨貼朵小紅花在你的名字上？

你讓大魚小魚在你水中安家，快樂地生長。那些跳出水面的魚兒，好像在告訴我，小河是他們幸福的家園。你的波浪，是不是在為他們鼓掌？

小河小河，你真的挺好！

你有自己的方向，就像毛毛蟲決心要變成蝴蝶，到花叢中飛翔。

小河啊，讓我要放艘小船在你的水面，跟你去到遠方。

# 卷二

# 風兒，你往這邊吹

# 春天是從哪兒來的

我問發芽的種子，春天是從哪兒來的？小芽芽說春天是從他的芽芽中跳出來的。因此，春天是嫩嫩的。

我問燕子，春天是從哪兒來的？燕子說春天是她的翅膀馱來的。因此，春天是會飛翔的。

我問梨花、杏花，春天是從哪裡來的？梨花、杏花說是從花瓣裡跑出來的。因此，春天是香香的。

我問風兒，春天是從哪兒來的？風兒說是他吹來的。因此，柳絲一夜就綠了。

我問媽媽，春天是從哪兒來的？媽媽說是從我笑聲裡飛出來的。

因此，春天總讓我快樂無比。

最終，我還是不知春天從哪兒來的，只知道春天來了，一切都很美麗。

# 蝴蝶的花翅膀

小小問媽媽：「蝴蝶為啥有雙花翅膀？多漂亮呀！」

媽媽說：「因為蝴蝶喜歡在鮮花中飛翔，翅膀就染上花的顏色啦！」

小小問：「媽媽，我也想有雙像蝴蝶那樣的花翅膀，是不是也要到鮮花中去呀？」

「對呀！」媽媽回答他。於是，小小來到鮮花叢中，追逐蝴蝶，像蝴蝶那樣，這兒看看，那兒瞧瞧。他跑呀跑，丟下一串串笑聲。

小小實在跑累了，就倒在媽媽的懷抱睡著了，一邊睡，一邊嘴裡還念叨：「媽媽，我的花翅膀，花——翅——膀。」

小小的臉上終於露出了甜甜的笑容。他為什麼笑呢？肯定是他夢見自己長出了像蝴蝶那樣的花翅膀，在花中快樂地飛翔啊！

# 竹葉船

爸爸教我用竹葉折船，折成的船兒兩頭尖尖。
我在船上放一粒花種子，然後將船兒放進河裡面。
船兒順著流水漸漸漂遠。
我問爸爸：「船兒什麼時候停下來？」
爸爸說：「也許明天，也許後天，也許永遠停不下來。」
「爸爸，如果船兒停下，會在哪兒停下來。」
爸爸說：「也許是河的盡頭，也許是大海。」
但是，我總感覺竹葉船一刻也沒有停下來。夜晚，我問天空的星星，問他們可看見我的竹葉船，星星只是不停地眨眼。

白天，我問太陽公公，看沒看見我的竹葉船，太陽公公沒有回答，老是紅著一張臉。

終於在夢裡，我看見了我的竹葉船，穿行在浪花中間。我和爸爸都坐在船上，一群鳥兒在我們身後，拚命追趕。

# 秋天在哪裡

我對著大地喊一聲：「秋天，你在哪裡？」大地沒有回答我。
是不是嫌我是個小人兒？
我對著天空喊一聲：「秋天，你在哪裡？」天空也不回答我。
是不是他根本什麼也不知？
突然，一些聲音在耳邊響起。
豆子說：「秋天在我的豆莢裡，你剝開豆莢，就會看見秋天是黃黃的，圓圓的。」
玉米說：「秋天在我的衣服裡包裹著，等我脫掉衣服，你會看見一排排金黃的顆粒，
　那就是秋天，秋天的牙齒。」

辣椒說：「秋天在我的枝椏上，當辣椒一串串，紅得像火焰，你會知道秋天是鮮紅鮮紅的。」

喔！我知道了，原來秋天到處藏著，像我不知不覺，長出的牙齒。

# 爸爸不知道的祕密

爸爸真是粗心大意，小狗狗不親近他了，他也不知為啥子。
原來他回家時，小狗狗的尾巴搖個不停，爸爸竟然大聲吼他，怕小狗狗弄髒他的鞋子。
小狗狗生氣了，小狗狗看見爸爸再也不搖尾巴了。
我和爸爸不一樣，我和小狗狗握手，和他一起，用花生米邀請螞蟻。我還給他烤香
腸，叫他給我銜鞋子。
這是我和小狗狗的祕密，爸爸不知道，爸爸就是粗心大意。有小狗狗多好，有事無
事，他都會「汪汪」兩聲，我不寂寞，小狗狗也不寂寞。
我看小人書時，他也不願離開，好像想聽聽書上的故事。

# 奶奶

奶奶真是有趣，喜歡看我吃蛋糕，看奶油沾上我的小鼻子，她看
我時總是笑嘻嘻。

奶奶總愛跟在我身後，她就是我甩不掉的大尾巴。

奶奶的故事真多，不知她的故事藏在哪裡？是不是大蒲扇扇來
的？那天趁奶奶不在，我拿著她的大蒲扇扇了扇，不知怎麼
的，卻沒有扇出一個故事。

奶奶好像還要和我比賽長牙齒。她一說話，我就看見她嘴裡有幾
個地方沒有牙齒。我的牙齒長出來許久了，可奶奶的嘴裡，

還沒有長出牙齒。

天上雷公公一打鼓，我就藏在奶奶的懷裡，奶奶捂住我耳朵。我知道，只有在奶奶的懷裡，什麼都可以躲避。

奶奶，你不要老是擦窗、掃地，快坐到我身邊來，我給你講《笨狗熊》的故事。

# 鄉下爺爺

鄉下爺爺喜歡把紅辣椒掛在屋簷下，爺爺看著紅辣椒就很滿足。

爺爺常誇鄉下的月亮比城裡的圓，特別欣賞小鴨子走路，那搖搖擺擺的姿勢。

還有哇，爺爺說鄉下的空氣好聞，有包穀、麥子、豆子的氣息。

爺爺還愛望天，雨多時期望太陽，天旱時，希望下一場雨。爺爺，等我長大了，我給你發明一個遙控器，一扭開關，天就下雨，再一扭開關，太陽就在天空高高掛起，爺爺你一定會誇我有出息。

爺爺不僅喜歡我這個孫子，好像他把穀子、高粱、紅薯他們都當作了孫子，天天下地去照料他們，把他們裝在心裡。

爺爺笑起來時很燦爛，笑起來時，總是露出殘缺的牙齒。

# 過年啦

紅燈籠掛在了窗臺，像奶奶那張停不住笑容的臉。
紅對聯貼上了大門，像我換上了過年的新衣衫；「福」字真調
皮，在牆上做著到立。惹得小狗都「汪汪」叫，他也不願倒
過來。
我喊一聲「過年啦」，那雪花彷彿早就候在天空，順著我的喊聲
就飄飄悠悠地落下來。哇！滿天的雪花，白了樹，白了山，
大地像蓋上了白棉絮。我相信，洞中的青蛙和小蛇，一定不
會受到嚴寒；還有那些小花小草，肯定也很溫暖。

我問奶奶，新年是從哪裡來的。奶奶說，是從雪花中來的，是從紅燈籠、紅對聯中來的，是從鞭炮聲中來的……

我給奶奶說：「我又長新牙了，新年會不會從我新牙上來？」奶奶說：「會的！會的！」

喔！長了新牙，就會有新年囉！

# 陽光哪裡去了

陽光哪裡去了？是不是全部鑽進了土壤？
小螞蟻、小蚯蚓，你們在泥土裡，看沒看見陽光？
陽光哪裡去了？是不是被樹葉兒收藏？樹葉兒點點頭，告訴我
　們，陽光就藏在他們身上，在身體裡流淌。
陽光哪裡去了？是不是落進了池塘？小魚兒跳出水面，直嚷嚷，
　說陽光就在水中，溫暖著池塘。
陽光哪裡去了？是不是成了果實的營養？果實說，他們生長全靠

陽光，陽光才使他們在秋天成熟，一個個金黃。

媽媽，陽光太珍貴了！我高興，太陽每天都照在我們頭上。

# 時間哪兒去了

奶奶，時間哪兒去了？

是不是被小鳥的翅膀，馱向了遠方？是不是被我折疊的竹葉船，載去了天邊？是不是躲進了我的圖畫，或在鳥兒窩裡，睡得正香？

奶奶，時間哪兒去了？

是不是被那播種的老爺爺，和種子一起撒進了土壤？是不是被一群覓食的黑螞蟻，抬進了他們的洞裡？是不是被調皮的小猴子丟在了水中，成為撈不起來的月亮？

奶奶，時間哪兒去了？

是不是躲進了我的小枕頭，晚上偷偷看我的夢，香不香？是不是鑽進了我的小豬集錢罐？是不是跟著那顆滑冰的星星，滑向了很遠很遠的地方？

奶奶，時間到底哪兒去了？

奶奶笑呀笑，笑得缺牙的嘴，很久不肯合上。

# 雨水哪兒去啦

爺爺，雨水哪兒去啦？

我看見雨水從天空飄下，有的落在了地面，有的落在了河裡，還有的落在了花草樹木上。可太陽一出來，雨水都不見了。

爺爺，雨水哪兒去啦？

是不是被小草吸進了身體，變成了一片片嫩芽？是不是被花兒開成了朵朵鮮花？是不是匯進了小河，變成了浪花花兒？

爺爺，雨水哪兒去啦？

爺爺說：「雨水藏在了泥土裡，落進了小河裡，飄在了空氣裡，鑽進了草木的身體裡，在天空的雲朵裡。」

雨水呀雨水，哪兒你都能鑽進去，是誰教你的本事？你再下一次吧，讓我看看，你躲藏的祕密。

# 天空有多寬

「媽媽，媽媽，你說天空有多寬？」
媽媽說：「你去問問鳥兒吧。」
「鳥兒，鳥兒，天空有多寬？」
鳥兒說：「天空又大又寬，我們就是飛斷翅膀，也飛不到天邊！」
「青蛙，青蛙，你說天空有多寬？」
井裡的青蛙說：「天空只有巴掌大，我輕輕一游動，就會游到
　邊。」
「你真是見識短！」

「雲朵，雲朵，你說天空有多寬？」

雲朵說：「我在天空飄，飄了一年又一年，也沒飄到天邊邊。」

喔！原來天空寬得無際無邊！

我滿足，每人腳下有片地，每人頭上有片天。

# 街燈亮了

街燈亮了！
媽媽，那些街燈像一個個人，手裡提著燈盞，是不是在等待什麼
　人回來？
街燈看去像一條條河，燈光成了彩色的河水，那些汽車，成了在
　河中劃來劃去的船。
城市在夜晚成了童話故事，樓房彷彿就像一排排大山，街道就是
　峽谷，那些走動的人，會不會變成笨狗熊，或者大灰狼呢，
　甚至狼外婆呢？

街燈亮了！

媽媽，你看，天上的星星好羨慕喲！他們眨著好奇的眼睛，是不是想飛下來，變成燈盞？是不是懷疑，天上的銀河，落在了我們的城市裡，才把城市照得五彩斑斕？

那些和燈站在一起的樹，好幸福喲！撐開自己的心愛的綠傘。啊，我知道，城市是他們熱愛的家園。

媽媽，城市有街燈真好！

這些街燈肯定也能照亮我的夢，我的夢也一定會亮閃閃。

# 爺爺的鬍子

「爺爺，你的鬍子怎麼是白的？」

爺爺打趣地說：「我的鬍子是雪花染白的。」

「那雪花也落在了我頭上，我的頭髮怎麼不白呀？」我問爺爺。

爺爺說：「雪花只會染白鬍子，不會染白頭髮。」

爺爺的話我怎麼也不相信。

爺爺給我講故事的時候，常常捋著他的鬍子，好像不捋鬍子，就講不出故事。我懷疑，是不是爺爺怕那些好聽的故事忘記，把他的故事全藏在了鬍子裡，鬍子很辛苦，慢慢地就白了呢？那天，等爺爺睡著了，我輕輕走到他身邊，仔細看了看鬍子，鬍子很細，裡面藏不下一隻小蚊子。

奇怪！爺爺有雪一樣白的鬍子到底是啥道理。

爺爺，你等著，等我也長了鬍子，我一定知道你白鬍子的奧祕。

# 苦藥水

媽媽，是什麼東西鑽進了我的身體裡？讓我的頭昏昏的，手腳一
　點兒力也沒有。
是不是昨晚我睡著了，格格巫跑來，對我使了什麼魔法？
幼稚園今天不能去了，幼稚園的阿姨肯定惦記。
小貓也跑來「喵喵喵」地叫著，是問候，還是責備？
媽媽，你端來的藥水真苦，苦得我的牙齒碰牙齒，真的不想喝
　下去。
媽媽，是不是我喝了這苦藥水，格格巫再也使不上什麼壞主意？

是不是這苦藥水會把身體裡那些懷傢伙趕出去，讓身體和以往一樣有力氣？

媽媽對我點了點頭，我覺得苦藥水不苦了，大口大口喝下去。

媽媽，苦藥水真神！苦藥水是我好朋友，相信他會守在我的身體裡，不讓那些懷東西進去。

# 爺爺的太陽

那些穿得漂亮的阿姨，一見太陽就用傘遮住。我知道，她們不喜

　歡太陽，太陽一定不會是她們的。

那隻大黃狗，一見大太陽，就躲在樹蔭下，無精打采地吐出長長

　的舌頭。我知道，太陽不會屬於大黃狗。

還有那些魚兒，一見大太陽就躲在了水底下，不願在水面玩耍。

　我知道，太陽也不會屬於他們。

那太陽到底是誰的呢？

我說，太陽應該屬於爺爺。爺爺每天下地，太陽在他背上滾呀滾

的，爺爺一點也不在乎，背上被太陽曬的黑黑的，爺爺也樂意。

夏天，爺爺更喜歡太陽。

他眯著眼睛，看著陽光把稻穀餵得鼓鼓的，把豆子餵得圓圓的，把高粱餵得紅紅的，

爺爺很滿足。

要是陰天看不見太陽，爺爺會發愁，爺爺的臉會沒有一絲笑容。

因此，我要說，太陽是爺爺的！爺爺的太陽，很有威力。

# 我的小指頭

我的小指頭圓圓的，我看過他好多次了，都沒有找出指頭上藏著的祕密。

我不知道為啥我的指頭一碰著琴弦，就會有音樂響起？媽媽說，那音樂是琴弦上發出來的。我問媽媽，我手指不碰他時，他怎麼不發出聲音呢？媽媽笑著不回答。

還有，我的小指頭一按遙控板時，電視機就演節目了，人可多啦！好多的小朋友穿著花裙子，唱歌跳舞喲！裡面還有好多好多的動物：笨狗熊、猴子、大象和狼，當然也少不了狐狸。

我要是不高興了，手指一按，就把那些傢伙關在了裡面，不理他們了。

我為我的小指頭自豪，而且他這麼有魔力。

媽媽，天空的按鈕在哪裡？我也要用我的小指頭按一按，叫他出太陽就出太陽，叫他下雨就下雨。

# 風兒，你往這邊吹來

風兒，你往這邊吹來！

這邊的建築叔叔，正站在半空，建築樓房。太陽公公真是不講一點情面，曬得他們汗水直淌，濕透了衣衫。風兒，你朝叔叔他們吹來，給他們扇一扇。

風兒，你往這邊吹來！

這邊掃街的老爺爺，正把一條條街道清掃，他從黎明掃到了中午，汗水浸得他睜不開眼。你看他掃過的街道，乾淨又美觀。風兒，你朝老爺爺吹來，讓他享受一會兒舒坦。

風兒，你往這邊吹來！

這邊的交警阿姨，站在街道中間，指揮著來來往往的車輛，一會兒左轉，一會兒右轉，街道像條河流，車輛像奔跑的小船，城市一點沒有慌亂。可阿姨站在不眨眼的太陽下，真令人讚揚和感歎。風兒，你向交警阿姨吹來，讓涼爽把她陪伴。

風兒，你要長隻眼，哪兒有烈日下勤勞的人們，你就往哪兒吹去。

# 小書包

爸爸給我買的小書包，上面畫有柳樹和小燕子。

我睡覺的時候，小書包也挨著我的小枕頭，我用手摸著他，害怕那隻小燕子在我睡著時，突然飛去。如果小燕子飛走了，柳樹會哭的，會掉葉子。

我在小書包裡，裝上鉛筆，裝上小本子，還裝上小人書，小人書是笨狗熊的故事。裡面還有一個祕密，那就是奶奶給我的巧克力。

我每天背著小書包，上學放學，我跳，小書包也在我背上跳。小書包很聽我的話，從來不講書包裡藏著的祕密。

我愛我的小書包，也愛書包上的柳樹和小燕子。

# 媽媽的味道

早晨，我耳邊會響起：「寶貝兒，起床上學啦！」；晚上，耳邊又會響起：「寶貝兒，該睡覺啦！」這聲音甜甜的，暖暖的，一聽這聲音，我知道，這是媽媽的味道。

上街，人來人往，特別擁擠，媽媽把我抱著。媽媽頭髮裡，衣服上都會散發出一種特殊的香味，那香味是我熟悉的味道。在家裡，我會順著這味道，找到媽媽。

媽媽喜歡微笑，一旦笑起來，讓我感到快樂無比。媽媽的笑容像陽光，把我心裡照得亮堂堂的。

媽媽的聲音，媽媽的身體，媽媽的笑容，都有特殊的味道。媽媽的這些味道，一直都留在了我的心裡。

我離不開媽媽，像小花小草，離不開雨露陽光，離不開腳下的泥。

# 卷四

# 螢火蟲的燈盞

# 楓葉舉起了火把

那座山著火啦！滿山紅色，好像燃燒得「劈裡啪啦」。連十分厲害的老鷹，老是在天

空飛，都不敢輕易在山上落下。

不！那不是火，那是楓葉紅啦。遠遠看去，彷彿每棵樹，都是一支大大的火把。

爸爸說，楓葉最了不起，寒冷他不怕，霜風也不怕，風霜越厲害他越紅。

啊！楓葉，你是為了給大雁送行，為他們日夜趕路，準備的火把？

啊！楓葉，你是不是怕小麻雀回家迷路，才用紅色提醒他？

啊！楓葉，你是不是要告訴我們：遇到困難千萬不要怕，一定要像你一樣，勇敢地戰

勝他？

秋天，楓葉舉起了火把。
我的心中，也有一支火把，燃得「劈裡啪啦」。

# 螢火蟲的燈盞

夜好黑好黑喲！
門前的小花園裡，咦！草叢中怎麼會有星星點點的光亮，一閃一閃的。
那是什麼呀？媽媽說螢火蟲小朋友夜晚出來遊玩，每個人都提著燈一盞。啊！我知道了，他們肯定是出來尋找蟋蟀姐姐的，因為蟋蟀姐姐常常會在夜晚彈琴。
說不定也是來找小青蛙的，小青蛙那呱呱的歌聲特別美妙，會把夏天的夜晚唱得涼涼爽爽的。
螢火蟲小朋友的燈盞還在草叢中閃耀，他們還要尋找什麼呢？是不是想遊進我的夢中，讓我的夢變得亮亮堂堂？

螢火蟲小朋友，要不，把你們的燈也送我一盞，我願意在沒有月亮的夜晚，提著燈，跟在你們的後面。

# 小雨點兒來啦

小雨點兒來啦！

小雨點兒是乘著微風來的，小雨點兒被微風吹得有點斜斜的。

小雨點兒怕踩疼樹葉，腳步輕輕的，只有「沙沙」的聲音。樹葉很高興小雨點兒的到來，不停地向小雨點兒揮手。

小雨點兒來到我的窗前，照樣輕輕地敲打窗子，怎麼，想進屋來和我一起玩一玩？可我那小花狗，怕雨水打濕了他的花衫衫。

小雨點兒跑到池塘去了，小魚兒高興得跳出水面。小雨點兒看見池塘的荷葉，很好奇，從這張荷葉跳到那張荷葉。

我伸出我的小手手，接住了小雨點兒。小雨點圓圓的、亮亮的，
好可愛！

# 搗蛋的風娃娃

風娃娃太調皮了，他不聽媽媽的話，到處亂跑，抓起地上的泥沙，在天空拋撒，他還使勁地搖動小樹，搖得樹葉「嘩啦啦」地響，害得小樹直喊：「快停下！你把我頭都搖暈啦！」

風娃娃這才放了手。

他又爬上大樹，把一隻鳥窩扯下來摔在地上，害得鳥媽媽在樹上「喳喳喳」直叫，你為什麼要毀了她的家？

搗蛋的風娃娃爬下樹，又向一堵牆撞去，哪知那牆一動也不動。風娃娃連撞了幾次，都沒有把牆撞倒。

風娃娃的頭肯定撞傷了，說不定還在流血呢。
風娃娃吃了虧，不知跑到哪裡去了。
搗蛋的風娃娃，我們不會學習你，我們要做媽媽的乖娃娃。

# 晚霞

太陽老爺爺，為啥這時畫起畫來？
難道你的蠟筆，比我還多嗎？紅的、黃的、紫的，還有青的、白的、綠的。
天空那麼大那麼寬，都被你塗滿。
畫的什麼畫喲？好像有老牛，有的像樹木，哎呀！那裡還有一座山！還有一群吃草的馬。
我看看，畫我們的幼稚園沒有。我找呀找，沒有找著，我向著太陽老爺爺喊了一聲：
「爺爺，畫出我們的幼稚園吧。」

爺爺聽到喊聲，好像有些不好意思，趕忙收起他的蠟筆，收起他的畫，躲到山那邊去了。

# 唱歌的蟬寶寶

一到夏天，蟬寶寶就在樹上歌唱，她的聲音拖得好長好長，比那條小河還長。

她的嗓子為啥那樣好喲？一天到晚，都不沙啞，也不停息。

難道她是在催豆子快快生長，催稻穀快快變黃？

風兒把蟬寶寶的歌聲帶到了很遠很遠的地方，稻穀卷起波浪，像是在為蟬寶寶的歌聲鼓掌。

蟬寶寶不怕熱，她藏在樹葉下，為稻穀，為豆子，也為那些小草，一曲一曲地把歌聲獻上。

我喜歡夏天，喜歡蟬寶寶的歌唱。

# 蟲蟲花姑娘

你真是蟲蟲中的花姑娘，穿了一件大紅色的花衣裳，黑色的花點
　兒一點一點地印在背上。
你在樹葉兒上爬，你在花朵中藏。咦！你真行，還能張開花衣
　裳，當作翅膀，在花草中飛翔。
一件衣裳從不更換，一直穿在身上，難道你一生就喜歡這件衣裳？
蟲蟲花姑娘，你看我的衣服，有沒有你的漂亮？

# 小燕子

小燕子飛回來了，春天也飛回來了！

我問小燕子：「春天是你馱回來的嗎？」小燕子沒有回答，帶著她那把剪刀，忙碌地
　　飛出去了。

她飛在柳叢中，把一片片柳葉剪得細細的，讓柳絲隨風飄揚。

她飛在菜花叢中，把一片片菜花，扇得金黃金黃，遍地飄香。

她飛在小河上，追趕著朵朵浪花，讓河水歡快地流淌。

她飛呀飛，剪呀剪！剪得大地變了樣，大地穿上了花花綠綠的新衣衫。

小燕子啊，能不能為我剪片月光，放在我畫畫的小桌上？

# 那群小白羊

那群小白羊，遊在無邊無際的草地上。
綠色的草地像一片綠色的海洋，那群小白羊，像游泳在海洋上。
風兒一吹，草地起伏，就像一片起伏的碧浪。浪，淹沒了羊。一會兒，羊群又出現了，像在浪尖上。
那群小白羊，一點兒也不驚慌，低頭吃草，抬頭看著遠方。
他們四周都是草，嫩嫩的、香香的，草兒啃了又長。

他們記住了回家的路，記住了草地是最美的地方。

小白羊，你們是不是想把自己變成朵朵小白花，一年四季都開在綠色的草地上？

# 小小仙人球

哼！真是一點也不友好，渾身長滿刺，你要把誰提防？
你確實是個不能玩耍的刺球球！
你看，我家的小狗狗多好，見到我還能搖搖尾巴，與我握握手。
你看，爺爺養的小鸚鵡，見到我還能「你好你好」地問候。
你看，天上的小雨點來了，還敲敲我的窗子，說天氣要變冷，告訴我一定要把衣服加上。
你呀你！小小仙人球，能不能讓我背過身子，你自己拔掉身上的刺，表示友好？以後我們之間才會沒有距離，我也才會帶你去春遊，曬太陽，你一定會快樂無比。
到那時，你才會感覺，自己是真正的仙人球。

# 紅蜻蜓藍蜻蜓

紅蜻蜓、藍蜻蜓，你們是不是從我昨晚夢中飛出來的那兩隻？都
　有兩隻鼓鼓的小眼睛。
你們一會兒飛到東，一會兒飛到西，把竹葉吻了又吻，還在荷花
　上表演倒立，是想練就什麼樣的本領？
飛翔就是你們的快樂嗎？整個夏天裡，你們都飛翔不停。
你們把天空都飛高了，你們把我的目光都飛遠了。
有了你們，夏天才更像夏天，荷葉才更加青翠。
媽媽，我怎樣才會有像紅蜻蜓、藍蜻蜓那樣的翅膀？我也想飛，

飛成你眼中自豪的紅蜻蜓和藍蜻蜓。
媽媽說，你閉上眼睛，翅膀就會長出來。
我悄悄地閉上了眼睛，想呀想，想像翅膀從手臂長出來。到時候，我飛起來時，喜歡
聽你們叫我紅蜻蜓，或者藍蜻蜓。

# 蟋蟀小弟弟，你在哪裡

蟋蟀小弟弟，你在哪裡？
天這麼黑，伸手看不見五指，你蹲在哪個角落裡？
你的琴彈得真好，聽見你的琴聲，我都把動畫片忘記。
你的那根琴弦肯定也很細，像不像我的頭髮絲？
你彈的什麼歌曲呀？怎麼，天空突然下起了「沙沙沙」的雨，這
　雨是你彈出來的吧？你手中的琴真有魔力！
蟋蟀小弟弟，你在哪裡？要不要我給你點上一支蠟燭？
月亮終於出來了！蟋蟀小弟弟，要不要讓我和你在一起？你彈

琴，我唱歌，讓夜晚更加美麗。
我記住你了，可愛的蟋蟀小弟弟！

# 喇叭花

一根藤藤爬呀爬，不知你要爬到哪？
是不是要爬到我的窗口來，和我說悄悄話？說夏天太陽公公熱量
大，熱得螞蟻不敢出洞洞？熱得小鳥躲在樹葉下，張著大大
的嘴巴？
你還在往高處爬，高得我看了都害怕。
你這樣爬，到底是為了啥？
突然有一天，你的藤藤上，開出了一朵朵喇叭花。喇叭裡面喊
的啥？喔！我聽見了，你原來是為了告訴大家，你的本領最

大，再高也能往上爬。

我喜歡地上的小草草，我喜歡地上的小花花，不驕傲，不自誇。

我就是不喜歡你，愛吹噓的喇叭花！

# 小青蛙找尾巴

小青蛙丟了尾巴，多傷心呀！他到處找尾巴。

他一頭栽進水裡，碰見小魚小蝦就問：「你們看見我的尾巴了嗎？」小魚小蝦都說沒有看見。他找遍了整個池塘，也沒有找著，小青蛙很傷心。

小青蛙又跳到岸上尋找，泥土縫裡，還有草叢中，都沒有找到。

小青蛙問一隻綠羽毛的翠鳥：「你看見我的尾巴了嗎？」翠鳥搖搖頭，說是沒有看見。

小青蛙急得沒有辦法，整夜地在池塘邊叫喚「呱呱呱！呱呱呱！」。小青蛙的叫聲讓青蛙媽媽聽見了，青蛙媽媽急忙趕到小青蛙身邊。小青蛙急忙向媽媽訴說，自己不小心丟了尾巴。

青蛙媽媽對小青蛙說：「你必須丟掉尾巴，丟掉尾巴才能長大，不然你不能長出四隻腳，不能跳到岸上，沒有尾巴多好呀！」

小青蛙聽了媽媽的話，再也不找尾巴了，每天快樂地唱歌：「呱呱呱！呱呱呱！」

# 蠶寶寶

黑黑的蠶寶寶，輕輕地蠕動，身體太小太小。
他們在桑葉上爬呀爬，爬累了，就吃桑葉，吃飽了，又睡在桑葉
　上。小小的蠶寶寶，他們也懂得，綠色的桑葉有營養？
吃了睡，睡了長。啊！好乖的蠶寶寶。
黑黑的蠶寶寶，很快長成了白白胖胖的蠶寶寶。他們忙碌地把桑
　葉吃下，直到身體一天比一天發亮。
終於他們停止了吃桑葉，口吐白絲，整天纏呀繞呀的，他們要把
　自己漂亮的小屋建造。不管白天黑夜，他們一刻也沒停止。

啊！多麼勤勞的蠶寶寶。

一個小小的白色繭殼，掛滿了稻草。胖胖的蠶寶寶不見了，他們都在自己建造的繭殼裡睡大覺。

喔！蠶寶寶，答應我，打開你的門，讓我看看你的小屋有多好。

# 大雁

大雁在天空飛。

大雁排成了「一」字形，就像我們小朋友，手牽著手去秋遊。

大雁飛的時候，樹葉兒從樹上掉下來了，果實也被人摘下來了，

樹枝光光的，就像我那光頭的小夥伴。

大雁飛的時候，秋天悄悄地走了。奶奶，你肯定會知道，秋天是

不是被大雁馱走的？他們要把秋天馱到哪裡去呀？

大雁，你不能飛走，你要把秋天留下來，仍然讓樹葉兒長在樹

上，仍然讓果實黃在枝頭。

大雁「嘎嘎嘎」地叫著回答，秋天不是我帶走的，秋天是秋風帶走的。

哎呀！真的有秋風，拖著一地落葉行走，那些落葉「悉悉索索」，怎麼也不願意跟著他走。

# 小蝸牛

小蝸牛一生都在旅行，真是個小小的旅行家！

他背上自己尖尖的小房子，天一亮就開始爬呀爬，風不怕，雨也不怕。他很小，你不容易發現它。他不是行走在草叢，就是行走在石頭間，哪裡他都想去看一下。

他一生沒有固定的家，走累了就歇下來，為明天的旅行儲存力量。他不想記住走過多少路，只想明天有藍天，有白雲，有清風，有暖暖的陽光照著他。

小蝸牛呀，我真是羨慕你！羨慕你敢於闖天下。不像我，總是牽著媽媽的手，離不開媽媽，離開媽媽就害怕。

小蝸牛，能夠帶上我嗎？帶上我，去高山，去森林，去草地，把我們的腳印一起留下。同時也要把我們的歌聲，給小鳥留下，給山羊留下……，我也做一個，小小的旅行家。

# 穿綠衣服的青蛙

穿綠衣服的青蛙，你們的衣服是被莊稼染綠的嗎？

你們在田埂上跳上跳下，然後唱歌：「呱—呱—呱！呱—呱—呱！」是不是害蟲聽到你們的歌聲，都會害怕，就不敢輕易損壞莊稼？

夜晚，你們的聲音更響亮，田野就像一場大合唱，月亮就是一盞大吊燈，照得大地亮堂堂的，夜風吹動下的莊稼，都在為你們鼓掌。

秋天，糧食豐收啦！豆子圓圓的，稻穀黃燦燦的，你們依然還在繼續唱著那支歌：「呱─呱─呱！呱─呱─呱！」。

穿綠衣服的青蛙，你們把田野當著自己的家。人們都愛你們，誇你們保護莊稼功勞大。我要用畫筆畫下你們，一隻，兩隻，三隻……，畫下你們這些，穿綠衣服的青蛙。

# 風姐姐的大掃帚

我想，風姐姐一定有把大掃帚。要不，她怎麼能清掃這麼多地方？她揮舞她的大掃帚，把天空的雲朵都掃向了遠方，讓天空只剩下一片藍色。太陽公公一個人笑呵呵地，在天空慢步。

風姐姐昨晚趁我們睡覺時，也揮動起她的掃帚，掃得呼呼響。掃了房頂掃街道，還掃了我的小窗子，把落葉和飛塵掃得一點不留，街道白白亮亮的，看了好舒心。

風姐姐來的時候，我們常常背對著她，什麼也沒有看清。不知她是否也紮著小辮子，穿著畫有小熊貓的花花衣。

最終，我們還是想看看風姐姐的大掃帚，那樣有威力，不知她到底把她的掃帚，藏在了哪裡？會不會像孫悟空，把掃帚變小，藏在了耳朵裡？

# 快樂的雨點兒

雨點兒很快樂，很快樂的雨點兒從天空不斷地跳下來。

雨點兒落在水裡，點出一個個小圓圈，有的還吹出一個個小泡泡。

雨點兒落在樹葉兒上，給樹葉兒洗了一個澡，樹葉兒變得綠綠的、亮亮的，樹枝也在風中高興地搖晃。有的雨滴兒還吊在葉尖上，打著秋千。

雨點兒還調皮地敲打我的玻窗，是想看看我的本子上的畫嗎？可我一開窗，它就落在我的小本子上，濕了畫上那隻熊貓的眼眶。

太陽出來了，我看不見雨點兒了，可雨點兒把他的快樂，留在了我的心上。

兒童文學44　PG2217

# 抓住風兒的翅膀

**作　　者**／譚清友
**責任編輯**／陳慈蓉
**圖文排版**／楊家齊
**封面設計**／楊廣榕
**出版策劃**／秀威少年
**製作發行**／秀威資訊科技股份有限公司
114 台北市內湖區瑞光路76巷65號1樓
電話：+886-2-2796-3638
傳真：+886-2-2796-1377
服務信箱：service@showwe.com.tw
http://www.showwe.com.tw

**郵政劃撥**／19563868
戶名：秀威資訊科技股份有限公司
**展售門市**／國家書店【松江門市】
104 台北市中山區松江路209號1樓
電話：+886-2-2518-0207
傳真：+886-2-2518-0778

**網路訂購**／秀威網路書店：https://store.showwe.tw
國家網路書店：https://www.govbooks.com.tw
**法律顧問**／毛國樑　律師

**總經銷**／聯寶國際文化事業有限公司
221新北市汐止區康寧街169巷27號8樓
電話：+886-2-2695-4083
傳真：+886-2-2695-4087

**出版日期**／2019年4月　BOD一版　**定價**／250元
ISBN／978-986-5731-93-9

國家圖書館出版品預行編目

抓住風兒的翅膀 / 譚清友著. -- 一版. -- 臺北市 : 秀威少年, 2019.04
面； 公分. -- (兒童文學 ; 44)
BOD版
ISBN 978-986-5731-93-9(平裝)

859.8　　108002442

# 讀者回函卡

感謝您購買本書，為提升服務品質，請填妥以下資料，將讀者回函卡直接寄回或傳真本公司，收到您的寶貴意見後，我們會收藏記錄及檢討，謝謝！如您需要了解本公司最新出版書目、購書優惠或企劃活動，歡迎您上網查詢或下載相關資料：http:// www.showwe.com.tw

您購買的書名：________________________________

出生日期：________年________月________日

學歷：□高中（含）以下　□大專　□研究所（含）以上

職業：□製造業　□金融業　□資訊業　□軍警　□傳播業　□自由業
　　　□服務業　□公務員　□教職　□學生　□家管　□其它____

購書地點：□網路書店　□實體書店　□書展　□郵購　□贈閱　□其他

您從何得知本書的消息？

□網路書店　□實體書店　□網路搜尋　□電子報　□書訊　□雜誌
□傳播媒體　□親友推薦　□網站推薦　□部落格　□其他________

您對本書的評價：（請填代號　1.非常滿意　2.滿意　3.尚可　4.再改進）

封面設計____　版面編排____　內容____　文／譯筆____　價格____

讀完書後您覺得：

□很有收穫　□有收穫　□收穫不多　□沒收穫

對我們的建議：________________________________

________________________________________

________________________________________

________________________________________

請貼
郵票

11466
台北市內湖區瑞光路 76 巷 65 號 1 樓

**秀威資訊科技股份有限公司** 收

BOD 數位出版事業部

.....................................................................................

（請沿線對折寄回，謝謝！）

姓　　名：＿＿＿＿＿＿＿＿＿＿＿　年齡：＿＿＿＿　性別：□女　□男

郵遞區號：□□□□□

地　　址：＿＿＿＿＿＿＿＿＿＿＿＿＿＿＿＿＿＿＿＿＿＿＿＿＿＿

聯絡電話：(日)＿＿＿＿＿＿＿＿＿＿＿＿(夜)＿＿＿＿＿＿＿＿＿＿＿＿

E-mail：＿＿＿＿＿＿＿＿＿＿＿＿＿＿＿＿＿＿＿＿＿＿＿＿＿＿